大偵探
福爾摩斯

美麗的兇器

SHERLOCK HOLMES

大偵探
福爾摩斯
美麗的兇器

炸雷之夜 3

貓的集體自殺 8

失蹤的記者 20

浮屍 34

小學生的異常 46

可疑的喱店 67

六角形的謎團 77

罪惡的溪流 92

警局與市政廳 110

多行不義必自斃 129

福爾摩斯神奇小實驗－熱脹冷縮！..................封底裏

炸雷之夜

　　「嗖！」的一下閃電劈下，「轟！」的一記
炸雷迅即響起，本來一片漆黑的海面閃過一瞬
即逝的白光，照亮了在洶湧的波濤中顛簸起伏
的一艘漁船。

　　嘩啦嘩啦！嘩啦嘩啦！突然，天上瀉下了傾
盆大雨。「轟！」的一聲，又一記響雷炸在不
遠處的海面上。

「真倒霉！這種鬼天氣簡直就像衝着我們來！」船上一個魁梧的黑影高聲罵道。

　　雨水如子彈般「啪嗒啪嗒」地打在甲板上，好像要把整艘漁船擊個粉碎似的。

　　「哎吔吔！雨水打得我好痛！」另一個黑影也在呼喊，「距離岸邊幾十海里了！不如就在這裏丟掉吧！」波濤聲、雨聲和馬達聲混在一起，兩人說話時都得高聲吼叫。

「好！就這裏吧！」魁梧的黑影叫道，「你抓緊他的雙手！我抓緊他的腳！數三聲後就把他拋下海去！」

「好！」

「來啦！一、二、三！我唏！」

接着，漆黑的海面響起「噗咚」一聲。

「糟糕！忘了在他身上綁上石頭！」

「沒關係啦！風浪這麼大！不用半天就會把他沖出公海去啦！」魁梧的黑影叫道，「就算

有人發現這浮屍！也不會知道是我們幹的！」

「說得也是！」說完，那黑影向着海面大叫，「**書生先生**！本來是不想殺你的！但老闆執意要你死！我們也沒辦法！不要怨恨我們啊！你安息吧！千萬不要回來呀！」

「哈哈哈！**膽小鬼**！你以為這樣叫就有用嗎？他要回來的話！不管你怎樣叫！他也會回來的啦！」那魁梧的黑影大笑，「誰叫他多管閒事！否則就不用葬身大海餵**鯊魚**啦！」

那黑影沒理會他，仍然向海面大叫：「書生先生！安息吧！千萬不要回來呀！」

「**嗖！**」的一下閃電就在漁船旁邊劈下，「**轟！**」的一下炸雷同時爆響。

「哇呀！」黑影大驚，「快回航！快回航！」

　　那魁梧的黑影也被 **近在咫尺** 的炸雷嚇壞了，馬上一個箭步衝回駕駛室去。

　　漁船在「噠噠噠噠」的馬達聲之中漸漸遠去，不一刻，已在漆黑的海面上隱沒了。

　　可是，那兩人絕沒想到，仍在海面 **載浮載沉** 的那具屍體就像一個不散的 **冤魂**，不但不會沉屍大海，還要回來向他們討回一個公道！

貓的集體自殺

「來，張開口。」華生向躺在沙發上的小兔子說。

「為什麼要張開口？」**滿臉病容**的小兔子問。

「你看來有點**發燒**，我要量一量你的體溫。」華生把一枝**體溫計**放進小兔子的口中，「把它含在舌下，千萬不要咬啊。」

「嗯。」小兔子無力地點點頭。

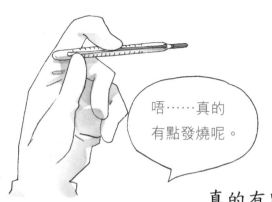

唔……真的有點發燒呢。

過了一會，華生取回**體溫計**，仔細地看了看：「唔……真的有點發燒呢。你躺在這裏休息，不要到處跑了。**感冒發燒**，最重要是休息。」

「知道了。」小兔子合上眼睛。

一直在看報的福爾摩斯笑道：「呵呵呵，難得最愛搗蛋的小兔子病了，我們可以**耳根清靜**幾天了。」

「人家都生病了，你就不要再**挖苦**吧。」

「我是趁機挖苦，不然他病好了，想他聽你挖苦也就難了。」

「**乘人之危**，非君子所為啊。」

福爾摩斯故作神秘地湊到華生耳邊，輕聲

9

說：「你想他快點病好的話，就得用說話**刺激**他。這種搗蛋鬼越受刺激，病就會越快好。」

「哪有這門子的道理——」華生正要反駁時，門外響起了「**咚咚咚**」的幾下敲門聲。

「門沒鎖，請進來吧。」福爾摩斯應道。

一個老婦人輕輕地把門推開，**顫巍巍**地走了進來。

「請問……福爾摩斯先生在嗎？」

「找我嗎？請問有何貴幹？」

「我想……」老婦人

吞吞吐吐地說，「我想……請你幫忙查一個奇怪的案子。」

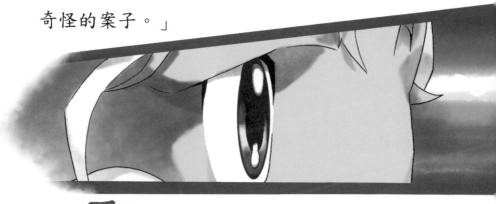

「奇怪的案子？」福爾摩斯眼前一亮，「我最喜歡就是奇怪的案子，究竟有多奇怪？」

「太……太奇怪了，我也不懂從何說起。」

「沒關係，從頭說起也行，從中間說起也可以。」福爾摩斯說，「請先介紹一下你自己吧。」

「嗯……」老婦人點點頭，「我姓米爾，住在美泰村。」

「美泰村嗎？」福爾摩斯想了想，「我好像去過，是在海邊的一條漁村吧？」

「啊，你去過嗎？是的……本來是一條又和平又安寧的漁村，可是……」米爾老太太**吞吞吐吐**，好像在搜索用詞似的，說到這裏就停下來了。

福爾摩斯向華生遞了個**眼色**，示意不要插嘴，然後，以溫柔的眼神凝視着滿臉愁容的老婦人，耐心地等待她說下去。

老太太的喉頭**鼓動**了一下，好不容易地咽下一口**唾沫**似的，才繼續說道：「可是……最近村裏發生了一件怪事……有很多貓突然發狂，跑到海邊，向前一衝……」

「**向前一衝**？然後怎樣了？」躺在沙發上的小兔子突然**彈**

起來，好奇地搶問。

「哇！」老婦人被嚇了一跳。

福爾摩斯連忙罵道：「你不是病了嗎？好好地躺着，別多事！」

「知道了。」小兔子不情不願地躺下來。

「對了，你說貓兒們向前一衝，然後怎樣了？」華生趕緊向老太太追問。

「一衝，就衝進海裏，淹死了。」

「**什麼？淹死了？**」小兔子緊張得又彈起來。

「**哇！**」老婦人又被嚇了一跳。

「別多事！躺下來。」福爾摩斯再罵。

「對，病了就好好休息，大人在談正經事，小孩子不應該**插嘴**。」華生說。

「知道了。」小兔子無奈地又躺下來，但耳朵卻**豎**得高高的，看來他聽到這麼奇怪的案子後，精神為之一振，病已好了一半。

「難道牠們是**跳海自殺**？」福爾摩斯回到正題。

「是，最初每天只有兩三隻，但數目不斷增加，直至昨天為止，已有**40多隻**貓跳海死了。昨天，陪伴我十多年的老貓**阿花**，也……」說到這裏，米爾老太太再也說不下去了。

「唔……」福爾摩斯**沉吟半晌**，「確實很奇怪，一兩隻貓發瘋還可說是個別事件，但連續有40多隻貓跳海自殺的話，就很不尋常了。」

「那麼……福爾摩斯先生，你可以幫忙調查一下嗎？」老太太說，「我很擔心這是不是**傳染病**，會不會傳染給人，我家還有一個**小孫子**啊……」

「這屬於衛生部門管轄，你們沒找過他們幫

忙嗎？」華生問。

「找過了，也找過村裏的 **派出所**，但他們都找不到原因。而且，他們認為只是死了幾十隻貓，不值得太過緊張。」

「唔，**官僚**嘛，都是如此。」福爾摩斯說，「你來找我是對的，我過兩天到你們的村子去看看，相信不難找出原因。」

「啊！太好了。」老婦人臉上終於展露出笑容，「我把地址寫在這張紙上，你來到後就找我吧。」說完，她站起來，踏着顫巍巍的步伐下樓去了。

待老婦人的腳步聲走遠了，華生問道：「你又不是**獸醫**或**動物專家**，怎會有把握找出貓隻集體自殺的原因？」

「哎呀，對方是個老太婆，不說一些讓她安

心的說話，她肯定會**寢食不安**。我只是安慰她一下罷了。」

「什麼？只是安慰她一下？」華生說，「怎可以這麼不負責任啊，如果查不到原因怎辦？」

「動物的**集體異常行為**，通常都離不開幾個原因，不會查不到的。」福爾摩斯信心十足地說。

「甚麼原因？」

「你是醫生也不知道嗎？」

「我又不是獸醫，怎會知道？」

「哎呀，你除了醫人，也要吸收一下其他知識呀，否則就會變成一個專業的笨蛋了。」

「笨蛋……」沙發上的小兔子輕聲地暗笑。

華生聽到，轉身向小兔子罵道：「快睡覺，不然以後不給你看病！」

「**遵命！**」小兔子連忙把被子蓋到頭上，

不敢作聲了。

「算了，別管他。」福爾摩斯說，「**動物**

集體異常，離不開幾個原因……」

第一是**地震**。動物有預知地震的能力，如地震前老鼠會集體出逃，蚯蚓也會從泥土中爬出來。

第二是**天氣突變**。以前曾發生過因天氣突變，大群雀鳥從空中墮下的現象。

第三是**污染**。如海豚或鯨魚會因海水受到污染而集體衝上沙灘自殺。

第四是**傳染病**。有些動物集體染病後，也會一起作出異常的行為。

「那麼，你認為哪個可能性較大？」華生問。

「很難說，要實地調查一下，找到證據才能下結論。」

失蹤的記者

就在這時，門外又響起了「咚咚咚」的幾下敲門聲，走進來的是一個中年人，一看就知道是個有學養的知識分子。

「我是《倫敦時報》社會版的編輯主任。」中年人看來很心急，客套話也不說了，他走到福爾摩斯面前，單刀直入地遞上名片。看來，他一眼就看出華生不是他要找的人。

失蹤的 記者

　　華生在旁往名片瞥了一眼，看到上面寫着的名字叫**雷克**。

　　「我是貴報的忠實讀者。請問有何貴幹？」福爾摩斯客氣地問。

　　「啊，謝謝你的欣賞。」雷克說，「其實，我想委託你**尋人**。」

　　「尋人？」

　　「我有一位下屬叫**威廉‧史密斯**，他失蹤了三天。」雷克憂心地道，「我懷疑他在追查一宗新聞時闖了禍。」

　　「哦？為追查新聞而失蹤？」福爾摩斯眼中閃過一下疑惑，「他正在追查很**危險的新聞**嗎？」

21

「這個嘛……我也不敢肯定。」雷克說，「史密斯做事一向**獨來獨往**，他在未寫成新聞稿之前，都不願意透露調查的詳情。」

「一點**訊息**都沒有嗎？」

「有是有的，我只記得他說過，正在調查一宗**有關貓的新聞**。」

「什麼？」福爾摩斯和華生**面面相覷**。

「**有關貓的新聞**。」雷克以為兩人聽不清楚，再說一次。

「不會是與**集體自殺**有關吧？」福爾摩斯問。

「你怎會知道的？」雷克感到驚訝，

「史密斯正是在追查**貓隻集體自殺事件**。」

福爾摩斯皺起眉頭，問道：「他有說去哪裏調查嗎？」

「他沒說過。但我翻過他桌上的日曆，發現數天前的其中一頁寫着『**美泰村**』。」

「啊！」華生大吃一驚，他往旁看了一眼，只見福爾摩斯兩眼露出嚴峻的**光芒**。

史密斯家

「怎麼了？」雷克似乎也從大偵探的表情中，察覺到事態的嚴重。

「你有沒有**報警**？」福爾摩斯沒回答雷克的問題。

「報過了，但警方什麼**線索**也沒有。」雷克說，「不過，我陪同警察到**史密斯家**調查時，發現有點奇怪。」

「啊？」

「我們在他的家中找到**五個溫度計**，全部都是新買的，連盒子也沒有拆開。」

「溫度計？一般家用的溫度計嗎？」華生好奇地問。他剛用體溫計為小兔子量過體溫，對溫度計的定義非常敏感。

「對，就是那種掛在牆上的家用溫度計。」雷克答。

「一口氣買五個溫度計？」福爾摩斯問，「溫度計不是消耗品，一個可以用很多年，買那麼多幹什麼呢？確實有點奇怪呢。」

「對，我也是這樣想。」雷克說，「而且，他家裏只有一個房間，就算客廳和房間各掛一個，也只需要兩個就足夠了。」

「不會是買來當作禮物的吧？」華生問。

「現在還未到送禮的時節，沒有人這麼早就

買禮物吧。況且，史密斯個性**節儉**又**吝嗇**，我當了他幾年上司，從沒收過他的禮物。」

「這麼說來，就是工作需要了。」福爾摩斯說。

「我也是這麼猜測，但想來想去，也想不出調查**貓隻集體自殺**，與**溫度計**有什麼關係。」雷克說，「此外，我還發現他買了一頂新的**氈帽**。」

「這有什麼奇怪？難道他從不戴氈帽的？」華生問。

「正好相反，他是戴氈帽的。」雷克說，「不過，我不是說過嗎？他很**節儉**，一件東西沒用爛，是絕對不會買新的。他平常戴的那頂氈帽雖然有點舊了，但還沒**破損**，他沒有理由買一頂新的。」

「難道又是為了<u>**工作需要**</u>？」福爾摩斯問。

「只有這個理由。」雷克領首，「但一頂新的氈帽又跟調查貓隻集體自殺有何關係呢？我實在想不通**箇中原因**。」

「暫時想不通也沒關係，更重要的是，已找

到調查的方向了。」

「啊？什麼方向？」華生問。

「方向就是，梳理出**溫度計**、**氈帽**和**貓隻集體自殺**這三者的關係。」福爾摩斯說，「只要弄清楚這個**三角關係**，相信所有謎題都會**迎刃而解**！」

「可是，怎樣梳理出這三者的關係呢？」雷克問。

「對、對、對，怎樣梳理？」一直躺在沙發上沒作聲的小兔子已**按捺不住**了，又彈起來緊張地問。

福爾摩斯斜眼瞄了一下小兔子，說：「你好像已經*退燒*了呢，看來我也該下逐客令了。」

「什麼叫『**下逐客令**』？我不懂啊。」小兔子一臉茫然。

「『下逐客令』就是叫你馬上滾呀！懂嗎？」福爾摩斯喝罵。

「哎呀，不要『下逐客令』呀！」小兔子急忙把被子蓋到頭上，「**醫生救命呀！**我還沒有退燒呀！我還想

睡一會呀！」

　　華生沒好氣地說：「不想『下逐客令』的話，就靜靜地躺着休息，不要再多事了。」

　　「知道了。」被子下傳來小兔子的悶聲。

　　「這小孩是……？」雷克問。

　　「別管他，他只是常在附近出沒的搗蛋鬼。」福爾摩斯說，「我們還是商量下一步該怎辦吧。」

　　「我認為應該到美泰村實地調查。」華生說。

　　「我也正有此意。」福爾摩斯說，「不過，我們也必須搞清楚史密斯的消息來源。」

　　「消息來源？」雷克問，「你是指史密斯為何知道貓隻集體自殺嗎？」

　　「對，此事還未在媒體上曝光，我們也是

剛從一位老太太的口中知道的。」福爾摩斯推想，「我估計，一定有人通知史密斯。所以，必須找出那個**通報者**。」

「唔⋯⋯」雷克低頭苦思。

「會不會是貴報的讀者**舉報**？」華生問。

「不會，報館有專人處理讀者來信，就算他們親身找上門來，也會有專人處理。」雷克說，「如果消息來源是**讀者**，我一定會知道。」

「難道消息來自他**相熟的人**？」福爾摩斯問。

「這個可能性很大。」

「這樣的話，你得想辦法找找看，要是能夠找到這個人，我們的調查會**事半功倍**。」

通報者

集體自殺

讀者

「好的，我馬上回去查探一下。」雷克說，「我們當記者的其實和警察差不多，在各行各業都有線人，只要在史密斯的**人脈關係**上去追查，相信能夠找出一些線索。」

「很好。」福爾摩斯滿意地一笑，「那麼，我們兩人明天去美泰村調查，你那邊有什麼消息的話，我們再聯絡。」

「好的。這裏有一張史密斯的照片，你們拿去參考吧。」雷克把照片交給福爾摩斯，說了聲再見，就下樓去了。

再見。

浮屍

美泰村面向**英吉利海峽**，是一條人口只有千多人的小漁村。為了防止老鼠咬破**魚網**，家家戶戶都養了貓。當福爾摩斯和華生來到美泰村的村口時，第一眼看到的，就是一隻貓。

「那隻**花貓**有點奇怪呢。」福爾摩斯看着前方的一隻貓說，「牠怎麼好像喝醉了似的？」

「唔……確實有點奇怪，牠**步履不穩**——」

華生還沒說完，那隻貓卻忽然像跳舞似的亂

蹦亂跳起來。

「啊！」兩人不禁大吃一驚。

突然，花貓「啪噠」一下倒在地上，四條腿向着天空又抓又踢，口中還發出「嗚喵嗚喵」的淒厲叫聲！

福爾摩斯和華生連忙跑過去看個究竟，可是兩人只跑了兩三步，那花貓已一個**鯉魚翻身**彈起來，並不顧死活似的奮力向前衝！

　　「糟糕！牠衝向一堵土牆啊！」華生大叫。

　　話音未落，花貓已「**砰**」的一聲撞到土牆上，揚起了一陣泥塵。兩人驚魂未定之際，那

隻撞得**頭破血流**的花貓已掉過頭來，猛然向着他們衝來。剎那之間，牠已衝到兩人跟前，並突然**一躍而起**，直撲過去！

　　「哇呀！」兩人舉起手阻擋。然而，花貓並

沒有撞到兩人身上去，只是
「呼」的一下在兩人之間
穿過，直往不遠處的碼頭奔
去。然後，「噗咚」一聲
響起，牠已衝進了海中。

「快去看看！」福爾摩斯
邊叫邊奔向碼頭，華生已嚇
出一身冷汗，但也慌忙跟上。

兩人跑到碼頭邊，只見那
隻花貓在海面上**載浮載沉**
地掙扎，又「喵嗚！喵嗚！喵
嗚！」地拚命大叫。不一刻，
叫聲戛然而止，只餘下一圈
又一圈慢慢散去的漣漪……

花貓，已被海水淹沒了。

沒料到一踏進美泰村就**親眼目擊**這個可怕的場面，兩人被嚇得呆立在碼頭上不能言語。

　　「太可怕了⋯⋯」良久，華生才打破沉默。

　　「唔⋯⋯親眼目睹才能感受到這案子的嚴重性，難怪行動不便的**米爾老太太**也要老遠跑來找我調查了。」福爾摩斯以嚴峻的目光凝視着海面的**餘痕**說，「要是同樣情況發生在人的身上就**不堪設想**了。」

　　「是的，一定要儘快找出貓發狂的原因。」

　　就在這時，一陣「**嗚嗚嗚**」的響號突然傳來，兩人向遠方的海面看去，只見一艘**漁船**一邊鳴笛一邊全速向碼頭駛來。

　　「那是**求助的笛聲**，看來漁船遇到了什麼意外。」福爾摩斯話音未落，面向碼頭的房子和店鋪已跑出十來個人，他們臉帶驚訝的神

色，慌忙走到碼頭邊，看着已駛近的漁船。

漁船上，一個**皮膚黝黑**的大漢站在船頭大叫：「我們打撈了一具**浮屍**！快去通知派出所！」

「啊！」碼頭上的人不禁驚叫。

一個中年漢從人群中跑出，並叫道：「我去派出所！你們在這裏看着。」

「浮屍？不會是他吧？」華生有種**不祥的預感**。

「我們在旁看着，不要表明身份，以免**打草驚蛇**。」福爾摩斯輕聲說。

這時，漁船已越開越近，當它泊岸時，去派出所的中年漢子已和兩個**一高一矮**的巡警趕到來了。

兩個漁民從船上把一具穿着西裝的**男屍**搬下來放在地上。

「傑斯，怎麼了？屍體在哪裏發現的？」高個子巡警向剛才在船頭大叫的漢子問。

「當然是在海上發現的啦！大約距離這裏50海里吧。當時我們正在回航，卻看見他在海面漂浮，就把他撈起來了。真倒霉！」那個傑斯粗聲粗氣地說。

矮巡警蹲下來，仔細地檢驗屍體，並說：「從屍體發脹的情況看來，大概已死去三四天

了。」說着，又搜查了一下屍體的口袋，在口袋中掏出一個**錢包**、一本**記事簿**和一枝**墨水筆**。

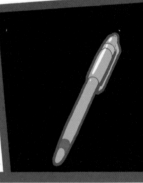

「怎麼樣？」高個子巡警問。

矮巡警打開錢包翻了翻：「有幾張鈔票，還有一張證件。唔？是一張 **《倫敦時報》** 的記者證，名字叫**威廉·史密斯。**」

聞言，人群中的華生幾乎喊出聲來，他連忙掩住了自己的嘴巴。但福爾摩斯很鎮定，仍是

不動聲色地聽着。

「記事簿上的**墨跡**都化了，看不出他寫了些什麼。」矮巡警把**濕漉漉**的記事簿翻了翻。

「啊，對了。」傑斯從腰間拔出一個東西說，「我們把他打撈上船時，他身上掉下了這個東西。」

「這不是個**溫度計**嗎？」高個子巡警接過那東西說，「形狀還很特別呢，像一隻**海豚**。」

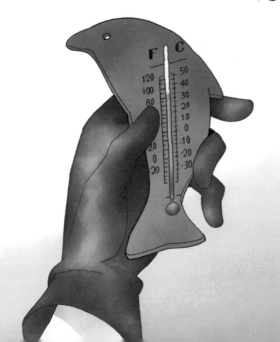

華生聽到這對話，心已**怦怦作響**，他往旁瞥了一眼，只見福爾摩斯這時已目露寒光，**神色凝重**地盯着地上的史密斯。

「已沒有其他東西了。」矮巡警說，「傑斯，麻煩你找兩個小伙子把屍體搬去**殮房**，然後到派出所落口供吧。」

「真麻煩。」那個傑斯口中抱怨，但也叫來兩個青壯的漁夫，不知道從哪裏找來一塊白布，合力把屍體包好，然後跟着巡警們走了。

「又是**溫度計**，看來事件並不尋常啊。」華生待群眾四散後，對福爾摩斯說。

「對，當中一定隱藏了什麼**意思**。」

「是什麼意思呢？」

「現在很難猜測，但一定與他家中那五個溫度計有某種**關係**。」

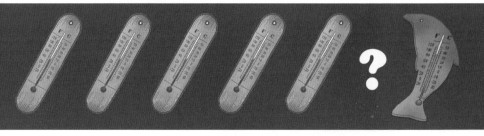

「下一步怎樣？要發電報通知雷克嗎？」華生問。

「不必了，警方已知道屍體的身份，自會通知報館。」福爾摩斯說，「現在命案已發生了，我們得趕緊調查，按原定計劃找**米爾老太太**吧。」

小學生的異常

說完，兩人按門牌地址，往米爾老太太的家走去。可是走了不到10分鐘，就見到她顫巍巍地迎面而來。

「啊，你們來了。」老太太有點激動地說，「我今早收到你們的 電報 ，等你們好久了。」

「有勞你來迎接了。」福爾摩斯連忙收起嚴峻的表情道，「其實我們有府上的地址，你

不必跑來迎接我們。」

「唉，你有所不知了。」老太太歎道，「家裏的人不想把這兒發生的事到處宣揚，我是瞞着他們來找你的。」

「啊？是嗎？」福爾摩斯覺得奇怪，「你家裏的人為何怕外人知道貓發狂自殺呢？」

老太太小心地向四處張望，然後壓低嗓子說：「其實……不單我家裏的人不想張揚，整條村的村民都不想此事張揚。他們怕……」

「怕？怕什麼？」華生問。

「怕外面的人不會買我們的魚。」老太太說，「要知道，這裏的村民大部分是漁民，大家都靠捕魚為生。如果此事傳到外面去，人們就會以為美泰村流行怪病，我們的魚就很難賣出去了。」

「原來如此。」福爾摩斯和華生恍然大悟。

「不過，我怕小艾倫……他是我的孫兒，已7歲了，正在唸小學一年級。我怕他也會染上這種怪病……所以……我偷偷地跑去找你們幫忙……」老太太說着說着，眼也紅了。

華生覺得老太太的神情有異，正想問個究竟時，福爾摩斯已開口了。

「你有什麼憂慮儘管說，是不是你的孫兒也染病了？」

老太太忽然變得有點慌張，她的眼神**游移不定**，似是有話已到嘴邊，但又不知道好不好說出來。

「你不想孫兒染病的事外傳吧？是嗎？」福爾摩斯關心地問。

老太太猶豫了一下，才說：「是……」

福爾摩斯向華生遞了個**眼色**，似是想說，她一定是恐怕孫兒染病的事傳出去後，會嚇怕**左鄰右里**，甚至會受到歧視。華生意會，他知道人們都會對原因不明的傳染病有莫名的**恐懼**，甚至排斥染病者。

「不！」突然，老太太緊張地補充，「我只是懷疑小艾倫患病罷了，但還不敢肯定啊。」

「你為什麼會懷疑呢？」

「他以前寫字寫得很整齊，但最近寫得歪歪斜斜的……他的爸媽以為他寫字不專心，但我常常陪他做功課，知道他很努力，只是好像力不從心。」

福爾摩斯臉色一沉，向華生問道：「你認為怎樣？像染了病嗎？」

華生沒有回答，反而向老太太追問：「那麼，小艾倫有嘔吐嗎？」

「沒有呀，他這幾個月都沒有發生過嘔吐。」老太太肯定地說。

「這麼說來，就不是食物中毒了。看來得讓我親自為他檢查一下才可定論。不過，寫字能力突然下降，應該與腦的病變有關，因為手是由腦控制的。」

「啊……」老太太聞言，不禁掩口驚叫。

「你先不用太擔心，只是推測而已。」華生馬上安慰道，「先帶我去看看你的孫兒吧。」

「好的，小艾倫快要放學了，我們去學校找他吧。」

「什麼？他病了還要上學嗎？」

「這……」老太太感到受責備似的，慌忙解釋道，「小艾倫在其他方面是頗正常的。他還說，最近老師常常責罵同學寫字越寫越不整齊，不獨是他一個這樣。」

「**什麼？**」福爾摩斯大吃一驚。

華生心中也閃過一下**戰慄**，他感覺事態已非常嚴重，小孩子們可能已**集體染病**，說不定有一種不知名的傳染病在這條村中暗地**肆虐**！如果這是真的，史密斯或許就是因為掌握了當中的秘密而**遇害**！

「事不宜遲，我們馬上去小艾倫的學校找他。」福爾摩斯說。

老太太走得慢，走了15分鐘左右，一行三人才來到學校門前。途中，福爾摩斯還在經過一間**雜貨店**時，買了幾十塊**波板糖**和一個**搖搖**。

華生不明白，老搭檔買那麼多波板糖來幹什麼呢？小艾倫一個人也吃不了那麼多呀？還有，那個搖搖又有什麼用呢？

「噹噹噹噹……」一陣放學的鐘聲響起，打斷了華生的思緒。

「來得剛好，放學了。」米爾老太太說。

不一刻，活潑的小學生蹦蹦跳跳地從校門走出來，當中一個長得胖胖的男孩看到米爾老太太後就大叫：

「奶奶！奶奶！」

「小艾倫，來！來這邊！」老太太也發現了孫兒，揮手叫道。

小艾倫**興高采烈**地跑過來，完全不像染了病，華生也看不出他有什麼異常。

「小艾倫，這兩位是奶奶的朋友，他們是從倫敦來的，叫叔叔吧。」老太太向孫兒說。

「**叔叔！**你們真是從倫敦來的嗎？」小艾倫顯得很興奮，「你們有去過**大笨鐘**嗎？」

福爾摩斯摸摸小艾倫的頭，笑道：「當然去過，還去過很多次呢。」

「叔叔好幸福啊，我只是從書本上看過大笨鐘，一次也沒去過。」

「是嗎？」福爾摩

斯從紙袋中掏出一塊波板糖，「如果你幫我一個忙，這塊糖送給你，有機會的話，還可以帶你去看大笨鐘。」

「嘩！」小艾倫開心地接過波板糖，馬上就塞進嘴裏，「有什麼要幫忙，叔叔你儘管說，我一定會幫你辦好的！」

「很好。」福爾摩斯指着不遠處的一株大樹說，「你把你班的同學叫來，到那邊的樹下集合。

你說，叔叔想請大家吃糖。」

　　「這個易辦，有糖吃的話，他們馬上就來。」小艾倫說，「不過，叔叔你可以給我多留一塊嗎？」

　　「當然可以，但必須先完成任務。」

　　「**好！**包在我身上！」小艾倫說完，一個轉身，就跑去召集同學了。

　　華生這才知道，福爾摩斯買那麼多波板糖的**緣故**。可是，召集那些小學生來幹什麼呢？他還未想通這個疑問，已看到在小艾倫的召集下，有**20多個**小孩奔向大樹那邊了。

　　「我剛才在雜貨店看到很多**搖搖**，據店主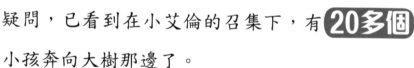說，現在很流行這個**小玩意**，幾乎每個小孩都隨身帶着一個。」大偵探湊到華生耳邊說，

「待會我叫小孩們**表演搖搖**，你細心觀察，玩得差的，就把他們帶到一旁，以便進一步檢查。」

華生恍然大悟——福爾摩斯是要測試小孩子控制搖搖的能力，藉此檢查他們**腦部**是否受損。要是腦部受損的話，就會影響手部的**協調能力**，很難好好地控制搖搖。

福爾摩斯走到小孩中間，高聲道：「大家好，我是小艾倫的叔叔，也是 **搖搖大賽** 的冠軍。」

「真的嗎？從沒聽艾倫提起啊。」一個小孩子喊道。

「不相信嗎？」福爾摩斯從口袋中掏出一個搖搖，「就

讓我來表演一下吧！」話音未落，他已「颼」的一聲把搖搖拋到半空，接着，

「呼」的一下又把搖搖收回來。同一瞬間，他

又使勁向下一甩，搖搖一個**急墜**，當大家以為它會在最低點回升時，卻又停在那裏不斷地打空轉！轉到速度漸弱後，只見福爾摩斯輕輕把手一提，「**颼**」的一下，搖搖又回到他手中去了。

「**嘩！叔叔好厲害呀！**」

小孩子們興奮地大叫。

「嘿嘿嘿，厲害吧？據說你們都喜歡玩搖搖，可以玩給我看嗎？玩得好的，可以得到一塊**波板糖**！」

「好呀，我來！」一個小孩從書包中掏出搖搖，馬上表演起來。其他小孩也**不甘示弱**，紛紛把搖搖拿出來。

花了半個小時左右，每一個小孩都表演完了。華生發現，當中有**10個**小孩控制得並不好，於是藉詞檢查了一下他們的**寫字練習簿**，發現有5個小孩最近寫的字越來越不整齊。當中，還包括小艾倫。

華生把福爾摩斯拉到一旁，輕聲說：「20多個小學生中，有一半玩搖搖玩得不錯，應該沒什麼問題。其餘一半玩得很差，但當中5個的字跡正常，看來只是**技藝不精**。餘下5個問

題比較嚴重，他們不但搖搖玩得差，**寫字能力**也明顯退步了。可是，除此之外，看不出有任何病徵。」

「唔……」福爾摩斯陷入沉思。

一直在旁看着的米爾老太太也緊張地問：「華生醫生，他們 **5個** 是不是出了問題？」

「剛才只是一個小測試，不能就此下結論。」華生說，「但有必要到醫院去檢查一下。」

「可是……這樣的話，不就等於把事情公開

嗎？」老太太擔心，「他們表面看又沒有病，恐怕他們的家人不會答允啊。況且，這幾個都是**窮**孩子，哪有錢去醫院檢查啊。」

「那怎麼辦呢……」福爾摩斯和華生陷入苦思。

這時，小艾倫走過來**催促**：「叔叔，糖呢？你還沒有把糖給我們啊。」

「啊，對不起。」福爾摩斯回過神來，向小孩們說，「你們表演得都不錯，每人獎一塊波板糖！」

「**嘩！**真好啊！每人一塊啊！」小孩子們高興地歡呼。

在分發波板糖時，福爾摩斯還把**史密斯的照片**逐一給小孩們看。可是，叫人

63

氣餒的是，沒有一個小孩認得史密斯。不過，當小孩四散去玩耍時，一個**小女孩**卻走過來說：「剛才沒記起，但現在想起來了，我在鎮上的**帽店**見過他。」

「什麼？」福爾摩斯和華生都吃了一驚。

「記得在哪一天見過他嗎？」福爾摩斯問。

「**五天前**，那天是我的生日，媽媽帶我去買生日禮物。」

「你說的是**切尼帽店**嗎？」米爾老太太向小女孩問。

「是呀，那裏有很多漂亮的**帽子**，我媽也為我買了一頂。」

「謝謝你。你真聰明，你可以去玩了。」福爾摩斯把小女孩打發掉。

「照片中的是什麼人？與小孩們的病有關嗎？」米爾老太太問。

「他是倫敦來的記者，叫**史密斯**，三天前來調查時失了蹤。」福爾摩斯低聲說，「不過，剛才在碼頭已知道他死了，有漁民在海上撈到他的**屍體**。」

「啊……」老太太臉色刷地變白。

「警方在他家中找到一頂新買的**氈帽**，應該是他**五天前**佯裝客人到帽店調查時買回家的。可是，他**三天前**再來這裏調查時就遇害了。」福爾摩斯說，「看來這一連串事件都有

關連，我們可先循帽店這條線索去查。」

「可是，小艾倫他們怎辦？」老太太問。

「他們的病情看來不會馬上惡化，我回倫敦後找腦科專家來為他們進一步檢查，找出病源。」華生安慰道。

「我認為有關病源的情報已掌握在史密斯手上，只要知道他手上的情報，相信對治好小艾倫他們也有幫助。」福爾摩斯說。

「好的，那麼你們馬上去帽店調查吧。」老太太說，「鎮上只有一間帽店，你們問問人就能找到。」

可疑的帽店

CHENEY HAT SHOP

與老太太道別後，福爾摩斯和華生叫了輛馬車直往小鎮開去。小鎮距離美泰村不遠，半個小時就到了。他們很輕易就找到了切尼帽店。

兩人**佯裝**成客人推門內進，只見店中陳列了很多不同款式的帽子，男裝和女裝皆有。一個女店員趨前接待：「先生，歡迎光臨，請問要挑選什麼帽子嗎？」

　　「啊，是的。」福爾摩斯說，「我想買一頂**氈帽**。」

　　「氈帽嗎？」女店員走到陳列架前說，「這邊都是氈帽，你隨便挑選。本店是**切尼製帽廠**的直銷店，售價特別便宜。」

　　「啊，是嗎？那就太好了。」福爾摩斯說着，假意走到陳列架前看帽，但兩眼的視線卻

四處遊走，細心觀察店內的環境。突然，他好像發現了什麼，眼底閃過一下寒光。

華生看在眼裏，但不知道老搭檔究竟看到了什麼。

就在這時，一個 西裝筆挺 的大胖子和兩

個 凶神惡煞 的大漢走進來。

「啊，切尼先生，你好。」女店員一看到大

胖子，馬上顯得誠惶誠恐。華生心想，這個大

胖子一定是老闆了。

「這頂帽的**手工**太差了。你看，裏面的線縫得**歪歪斜斜**的，就算表面看不見也不該這麼馬虎呀。」福爾摩斯彷彿沒看見大胖子他們似的，拿着一頂帽**評頭品足**。但華生知道，他是衝着大胖子而說的。

女店員尷尬地看看滿面不悅的大胖子，不知道如何回應。

看到老闆生氣，其中一個大漢馬上還擊：「我們切尼製帽廠的出品**行銷全國**，手工都是一流的，你是否有點**吹毛求疵**了。」

「啊，是嗎？」福爾摩斯斜眼瞄了一下大漢，「嘿，恕我直言，這種縫製水平，只能騙騙**鄉下人**而已。」

「先生，你這樣說可不公平。」大胖子開口了，他壓着怒氣道，「我們這間店也有不少外地人**慕名而來**光顧啊。」

「真的？」福爾摩斯突然**話鋒一轉**，「那麼，最近有沒有倫敦來的顧客買過帽子？」

「當然有。」

福爾摩斯嘿然一笑，並出其不意地**一戳**：「那麼，有沒有**記者**來過？」

「啊！」女店員**赫然一驚**。大胖子三人臉上也閃過一下緊張的神色，華生都看在眼裏。

「有沒有？」福爾摩斯湊到大胖子面前質問。

大胖子馬上鎮靜下來，他盯着福爾摩斯反問：「**什麼記者？**我不知道你說什麼。」

「啊，對的。」福爾摩斯說，「你是老闆，不會常呆在店裏。我應該問店員才是。」

說完，福爾摩斯施施然地走到女店員面前，問道：「**你該知道吧？有沒有？**」

女店員滿面惶恐地看一看大胖子老闆，然後才拚命搖頭：「沒⋯⋯沒有。」

華生看到，當女店員望向大胖子時，那大胖子目露兇光，狠狠地盯着她。

「算了，看來我找錯地方了。」福爾摩斯鳴金收兵，「打擾了，再見！」說完，他向華生遞了個眼色，就揚長而去。

華生趕忙跟上，待走出了門口才問：「你為什麼把記者的事說出來，不怕打草驚蛇嗎？」

「嘿嘿嘿，這次我正是要打草驚蛇。出其不意地**戳**一下，看看他們有什麼反應。」

「啊，我明白了。你批評手工不好，其實是要**惹怒**他們，然後突然發問，藉此**測試**他們有沒有說謊。」

「正是。」

福爾摩斯說，

「人們生氣時，

情緒會暫時失控，最容易**露出尾巴**。」

「你這招很有效，我也看到了，他們**心中有鬼**！」華生說。

「對，因為史密斯去過那帽店，而且很可能是在那裏遇害。」

「但史密

斯為什麼去帽店，那帽店又跟**貓隻發狂自殺**有什麼關係呢？」

「雖然仍未找到答案，但應該距離答案不遠了。」

「啊？那接着該怎辦？」

福爾摩斯指着前面一間旅館說：「我到那兒**投宿**，留下來繼續調查。你先回倫敦找腦科專家來為小孩們檢查。此外，記住要找那個《**倫敦時報**》的編輯**雷克**，看看他有沒有找到史密斯的情報來源。」

「好的。」

接着，兩人走進那旅館，華生拿了酒店名片後匆匆離開，趕回倫敦去了。此時，他和福爾摩斯都沒料到，那個雷克已掌握了叫他們兩人**震驚**的情報！

六角形的

華生回到貝格街後已天黑了，一宿無話。

第二天一早，當華生正想出門時，雷克已登門拜訪。

「史密斯已遇害了，我們在美泰村的碼頭看到漁船把他的屍體打撈上岸。報館收到通知了嗎？」雖然不容易開口，但華生還是說了。

雷克哀傷地點點頭：「昨天晚上已收到美泰村派出所的 電報 了。我以為你們還未知道，所以一早就跑來通知。」

「看到他的屍體，我們也很難過。不過，我們在美泰村也發現了一些重要的 線索 。」華生把海豚形溫度計、美泰村小童的情況和在切尼

帽店目擊的一切，都**一一告知**。

聽完華生的說話後，雷克想了想道：「福爾摩斯先生還留在那兒嗎？這也好，反正報館已委派我去**認屍**，不如我們馬上去美泰村吧。而且，我這邊已收集了一些或許對破案有用的情報，必須快點向福爾摩斯先生**匯報**。」

「好的，我們馬上出發吧。」華生說完，又**風塵僕僕**地與雷克趕回小鎮去了。當兩人抵達福爾摩斯下榻的旅館時，已是下午了。

78

「我已找到一個目標人物，他可能就是史密斯的情報來源。」雷克一見到福爾摩斯，已急不及待地說。

「啊？這麼快？」

「是的，比預期中要快。」雷克說，「我知道史密斯獨來獨往，沒有什麼朋

友，就跑去他畢業的大學調查，發現他原來曾經唸過一年醫科，後來發覺興趣不合，才轉去唸文學。他學醫時，與一個名叫科恩的同學很要好，那個科恩畢業後獲一間醫院聘用，那醫院就在這個小鎮上。」

「不會是貝尼慈善醫院吧？」

「啊，你怎知道的？」雷克十分驚訝。

「華生離開後，我到處**明查暗訪**，發現這個小鎮的很多東西都與製帽廠的母公司 切尼 集團 有關。那個切尼在小鎮上有大量投資，連鎮上惟一的 醫院 也是他出錢蓋的。」福爾摩斯說，「所以，小鎮的人都對他又敬又畏。」

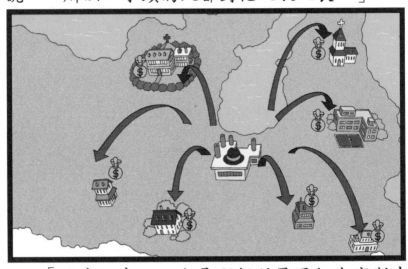

「這麼說來，一定是那個科恩通知史密斯去美泰村採訪的了。他是醫生，能夠掌握 流行病 的第一手情報，他可能已從求診的病人中發現了**怪病**。」華生分析。

「這個可能性很大。」福爾摩斯說，「不過，看來科恩還未鎖定怪病的**源頭**。否則，他沒有必要找史密斯幫忙調查。」

「他自己是醫生，不就是疾病的**專家**嗎？為什麼要去找一個記者協助調查呢？」華生覺得奇怪。

福爾摩斯**沉吟半晌**，然後才說：「這正是此案的**詭異之處**。在正常的情況下，作為一個醫生，他應該親自去找出流行病的源頭才

合乎常理。可是他卻選擇**假手於人**，肯定是有某些顧忌。」

「他有什麼**顧忌**呢？醫生的天職不是**救死扶傷**嗎？他既然已發現了怪病，就該馬上調查源頭，並向衛生部門通報呀。」雷克有點氣憤了。

「沒錯，你說的都有道理。不過，有很多醫院和醫生都只把看病視作**一門生意**，救死扶傷是工作，目的只是為了

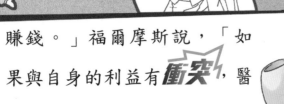

賺錢。」福爾摩斯說，「如果與自身的利益有**衝突**，醫

院也不一定把救治病人放在第一位了。」

「作為醫生，我雖然很想**反駁**。」華生歎了一口氣道，「不過，福爾摩斯說的都是事實，確實有很多同行如此。」

「這麼說來，科恩**有所顧忌**的原因，是與醫院的利益有關了？」雷克問。

「現在不可**妄下結論**，但**十居其九**都與那個大老闆切尼有關。」福爾摩斯說，「不管怎樣，我們去找科恩問個明白就行了。那間醫院就在附近，乘馬車去不用十五分鐘就到。」

三人離開旅館，鑽上了一輛剛好停在路邊的馬車。

「噢，對了。」雷克坐好後馬上說，「差點忘了，昨天我接到史密斯的房東通知，她說有人送來一個飼養小動物的**鐵籠**，是史密斯早前訂購的。」

「飼養小動物的鐵籠……？」福爾摩斯**眉頭一皺**。

「對，我聽了也感到**莫名其妙**。」雷克說，「他根本沒有時間照顧小動物，買那種鐵籠來幹什麼呢？」

「唔……」福爾摩斯閉目沉思了片刻，然後突然張開眼睛說，「還記得我說過的**三角**

關係嗎？」

「記得，你是指**貓集體自殺**、**氈帽**與**溫度計**的三角關係吧？你還說只要梳理出三者的關聯，所有謎團都會**迎刃而解**。」華生說。

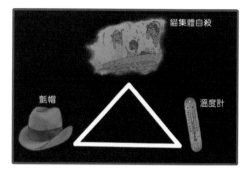

「對。但現在還要加多三個因素，變成**六角關係**了。」福爾摩斯說着，在一張紙上繪畫了一個六角形，並在六個角上寫上關鍵詞。

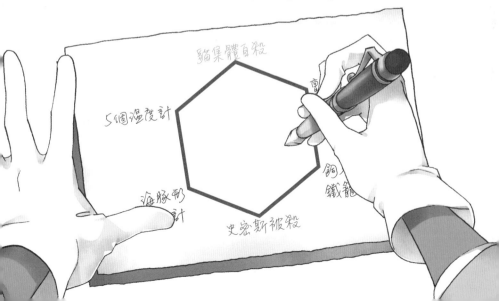

三人凝視着**六角形**，都在拚命地思索。

「啊！我明白了！」福爾摩斯眼前一亮，

「關鍵是溫度計！」

「什麼意思？」雷克緊張地問。

「我真蠢，看到溫度計就一直循**測量溫度**的方向去想，卻沒注意到構成它的**元素**。」

「元素？」雷克和華生都不明所以。

「對，構成溫度計最重要的元素是**水銀**。」福爾摩斯說，「人們只是利用水銀**熱脹冷縮**的原理來測量溫度而已。」

水銀

「那又怎樣？」華生問。

「還不明白嗎？」福爾摩斯眼裏突然**迸發**出一道嚇人的寒光，「水銀可以測量溫度，但也是可以致人於死地的**奪命重金屬**！」

「難道⋯⋯」華生打了個寒顫，「難道那些貓吃了水銀，所以發狂自殺嗎？」

「沒錯。」福爾摩斯在六角形的右下角圈出「小動物」三個字，「史密斯訂購鐵籠，目的是做實驗，看看小動物吃了水銀後，會不會發狂而死。」說完，他又畫了兩條線，把「小動物」與「**貓集體自殺**」和「**五個溫度計**」連起來。

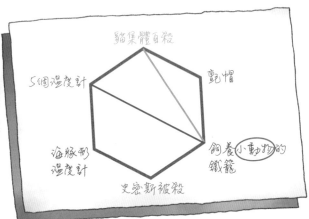

「啊⋯⋯我明白了。」雷克恍然大悟，「史密斯買那麼多溫度計，其實是想取用**水銀柱**中的水銀！」

「對，這是最容易取得水銀的方法。」說着，福爾摩斯把六角形左上角的「五個溫度計」刪去，改寫成「**水銀**」。

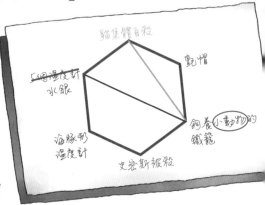

「那麼氈帽呢？氈帽又是什麼意思？」華生緊張地問。

「水銀呀，當史密斯猜測貓集體發狂自殺與水銀有關後，自然會聯想到**氈帽廠** 。因為氈帽的原材料是**動物的毛皮**，在軟化動物毛皮的過程中，必須使用很多水銀。史密斯在大學

時曾習醫，一定
知道這一點。」
說着，福爾摩斯
在六角形右上角

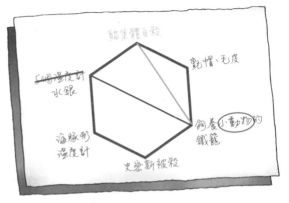

的「氈帽」後面加上「毛皮」兩字。

「啊！」華生驚叫，「我真笨，竟沒想到這

一點。有一種常常發生在製帽匠身上的疾病叫

『瘋帽匠之病』*，帽匠如不小心，

在處理毛皮的過程中會吸入水銀，

主要病徵就是顫抖和發狂。」

「對！」福爾摩斯說。

「那麼，海豚形溫度計呢？又怎樣解

釋？」雷克指着六角形的左下角問道。

「這個嗎？加上兩條線就清楚了。」福爾摩

斯說着，在六角形右上角的「毛皮」的下面，

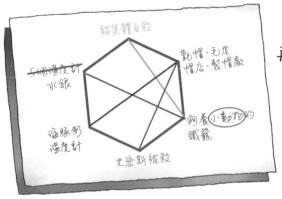

貓集體自殺

5個溫度計 水銀

絨帽、毛皮 帽店、製帽廠

海豚形 溫度計

飼養小動物的 鐵籠

史密斯被殺

再加上「**帽店**」和「**製帽廠**」。然後，從那個角拉了兩條線，把「**海豚形溫度計**」和「**史密斯被殺**」連接起來。

「什麼意思？」華生問。

福爾摩斯狡黠地一笑：「因為，海豚形溫度計根本就是來自**切尼帽店**。所以，史密斯被殺當然與切尼帽店有關！」

「你怎知道溫度計來自那帽店？」華生問。

「嘿嘿嘿，昨天在帽店時你沒注意到吧？在店內的一條**木柱**上，有一顆**釘**和一個海豚形的**印記**。很明顯，在史密斯屍體上找

CHENEY HAT SHOP

到的那個溫度計，原本就是掛在那裏的。」

「啊！真的嗎？」華生大為驚訝，「我沒看到啊。」

「我常說，你只是在看，但我是在觀察嘛。」福爾摩斯說，「海豚形溫度計掛在那裏，阻擋了光線的**侵蝕**，令被遮蓋的地方保留着木頭原來的顏色，所以留下了**印記**。」

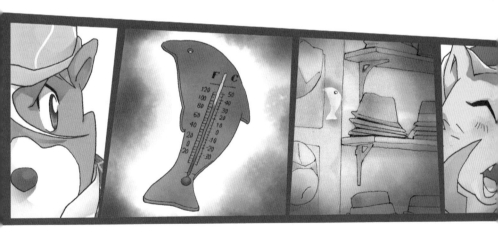

說着說着，馬車已慢下來了，他們已來到**切尼慈善醫院**的門前。

罪惡的溪流

　　雷克急不及待地要跳下馬車，卻給福爾摩斯攔住了。

　　「不可魯莽行事。科恩有所顧忌才會找史密斯幫忙，我們也得低調行事，不可堂而皇之地找他。」

　　「那該怎辦？」雷克問。

　　「我和華生在帽店露過面，不宜招搖。」福爾摩斯說，「你是新面孔，沒人認識你，就由你佯裝病人去找科恩看病，然後暗中向他表明身份，再約他出來與我們見面。」

　　「好的。」

　　「我叫馬車開到前面，你辦妥事後就到那兒

會合吧。」

「明白了。」雷克點點頭，就下車去了。

「我們怎辦？」華生問。

「在車上等呀。」福爾摩斯說完，就吩咐馬車夫把車開到前面，耐心地等候。

大約半個小時後，雷克**獨個兒**回來了。

「找到他嗎？」華生心急地問。

「找到了。我表明來意時他顯得很緊張，當我出示**記者證**，證明自己是史密斯的上司後，他才放鬆下來。」雷

克說，「他說已知道史密斯死了，自己的**處境**也很危險，正在盤算着找個理由**辭職**離開，然後到別的醫院工作。」

「那麼，他何時與我們見面？」

雷克有點喪氣地搖搖頭：「他說切尼的勢力遍佈整個小鎮，市長和一些市議員都被切尼**收買**

了，貿然與他對抗等同**以卵擊石**，所以才找史密斯幫忙搜集

證據，希望通過報紙的**輿論壓力**，令切尼收

斂一下。但史密斯已遇害了，他不願意再糾纏

下去，所以拒絕與你們見面。」

「你沒說我們可以**報警**嗎？只要他肯出面

向警方說明，警方就會出手調查呀。」華生說。

「我也這樣說，但他一口拒絕。」雷克道，

「他說切尼連市長也可以收

買，難保警局之中沒有那

傢伙的**線眼**，去報案，

就等於**自投羅網**。」

「唔……」福爾摩斯沉吟，「原來如此，沒

想到那個大胖子切尼竟有如此大的影響力。」

「那個科恩也太過**窩囊**了，史密斯死得這

麼慘，他也有道義為友報仇，把兇手**繩之以**

法呀！」華生氣憤地說。

「他太害怕了，剛才一個護士走來拍門，他也像**驚弓之鳥**似的，嚇得整個人彈起來。」說到這裏，雷克話鋒一轉，「不過，他向我提供了一個重要的情報，就算他不肯親自**舉證**，相信也能證明製帽廠與**怪病**的關係。」

「啊？是什麼情報？」福爾摩斯問。

「科恩說他診治過十多個病人，他們都有**手腳顫抖**的病徵，當中幾個病情嚴重的，不但說話不清，連**聽力**和**視力**都受損了。」雷克神色凝重地說，「他還發現，他們都是**無魚不歡**、平日吃很多魚的人。」

「啊？難道怪病跟魚有關？」華生緊張地問。

「科恩有這個懷疑，當他想進一步調查時，醫院的內科主管卻斷定那是**腦炎**，阻止他深究下去。」雷克說，「後來，他才注意到，醫

院的高層從不吃本地的**新鮮魚**，他們要吃，也會買外地的**罐頭魚**來吃。」

「如果這是真的，那些高層其實早已懷疑附近海域的魚有問題了？」福爾摩斯問。

「看來就是這樣。」雷克說，「後來，科恩從看病的漁民口中得悉，這一年來，原本黏附在船底的**藤壺**、**貽貝**也越來越少，他懷疑附近的海洋已受**污染**了，連這些**貝殼類生物**也受

到影響。當然，他也知道貓隻集體發狂的事。」

「而污染的源頭……」福爾摩斯一頓，以嚴峻的語氣問，「就是製帽時需要大量水銀的**切尼製帽廠**？」

「是，科恩的推論正是如此。」雷克說，「他暗中打聽到，切尼製帽廠下面有一條**溪澗**直通海洋，每天都會排放大量含有水銀的**污水**！」

「啊！」

雷克從口袋中掏出一張紙，說：「科恩給我畫了一張地圖，說污水的**排水口**就在這裏。」說着，他點出了地圖上打了一顆星的位置。

福爾摩斯拿過地圖一看，嚇得瞪大了眼，並懊惱地說：「真大意，竟沒注意到美泰村的地形。這種**布袋形海灣**不利海水循環，外海流

海灣

　進來的水水流很慢，如果製帽廠的排水口真的在這顆星的位置，它排出來的污水就難以通過外海的水流來稀釋了。」

　「啊，這樣的話，污水中的水銀大部分都會在海灣內沉澱，這種帶有劇毒的重金屬經過長年累月的累積後，不但嚴重污染了海洋，也污染了在這個海灣內棲息的海洋生物！」

華生激動地說。

「怪不得那些貓率先當災了。」福爾摩斯說，「牠們體型較小，又以魚蝦為主食，很快就中毒和病發了。」

「是的。」華生說，「其次就是美泰村的小孩，他們是漁民子弟，當然也常吃魚。吃得多的腦部中毒較深，影響了控制筆桿的能力，出現了寫字越寫越歪越斜的病徵。幸好我們發現得早，長此下去，他們也有一天會像貓一樣發狂而死。」

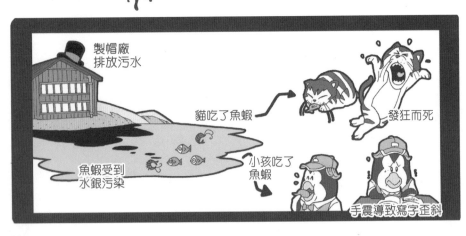

製帽廠排放污水

貓吃了魚蝦

發狂而死

魚蝦受到水銀污染

小孩吃了魚蝦

手震導致寫字歪斜

「我們現在應該怎辦？」雷克問。

「為了證明科恩的指控無誤，我們必須親自找出那個排水口！」福爾摩斯說。

不用半個小時，三人乘坐的馬車來到了海灣的旁邊。他們下車後，看到不遠處的山丘上有一些廠房似的建築群，有些煙囪還在噴着黑煙。

「那就是切尼製帽廠的廠房，我昨天去過廠房門口繞了一圈，但沒有什麼發現。」福爾摩斯指着遠方的建築群。

雷克抬頭看着那些**黑煙**說：「製帽廠這麼接近海灣，難怪會把污水排出大海了。」

「不，應該倒過來說才對。」福爾摩斯說，「切尼是為了便於**處理污水**，才把廠房建在距離海灣這麼近的地方。」

「他應該把污水**過濾**後才排放呀！怎可以為了**貪圖方便**就污染這個美麗的海灣呢！」華生非常憤怒。

「哼，這還用問嗎？」福爾摩斯說，「過濾污水要建**濾水池**，又要**分解**污水中的化學物質，製帽廠的成本必會大增。可是，排出大海卻**不費分文**，奸商為了賺盡每一分錢，哪會理會污水造成的污染。」

說着說着，三人沿着海岸已走了20多分鐘。當走到一處**亂石嶙峋**的岸邊時，一股刺

鼻的**臭味**也隨風飄至。

「唔……好臭。」華生皺起眉頭說。

福爾摩斯抬頭往山丘上的廠房看去，說：「這兒是製帽廠的正下方，當風從內陸吹往大海時，廠房排出的**廢氣**也會被吹到這裏來。」

「除了污染海洋之外，連空氣也受到污染啊。」雷克說着，掏出了那張手繪地圖看了看，「我們應該已很接近那個**排水口**了。」

三人連忙加快腳步，往地圖標示的位置走去。

當三人攀上一塊岩石後，華生忽然指着下方叫道：「**看！那邊有污水！**」

福爾摩斯兩人循華生所指方向看去，果然，在不遠處的海面上，漂浮

着一大片黑色的**油污**。

「溪澗的排水口在哪裏呢……?」福爾摩斯的眼睛小心地在海岸邊搜索,突然他高聲道,「**啊!**找到了。污水是從那邊的岩石後流出來的。」

「我們快過去看看!」雷克緊張地說。

三人跳過了幾塊岩石,來到一塊特別大的岩石上。他們往下一看,不禁同聲驚呼。

「原來在這裏!污水原來是從這裏排出來的!」雷克驚叫。

他們看到的是一條通往大海的**溪澗**。在這條溪澗上,源源不絕的污水**滾滾而下**,把附近的海面染成**漆黑一片**。

三人凝視着污水呆了半晌，最後，福爾摩斯終於打破沉默，道：「這些**污水**中肯定含有濃度甚高的**水銀**。」

罪惡的溪流

「不自己親眼看也不敢相信，竟有人如此

無良，每天把那麼多污水排放到大海去，海洋

不受污染才怪啊。」雷克慨歎。

「現在已證實製帽廠**污染海洋**，加上在史密斯身上找到的海豚形溫度計又證明他的死亡與**切尼帽店**有關，憑這些證據，我們已足可告發切尼了！」華生興奮地說。

「去哪裏告發啊？」雷克卻無奈地說，「科恩不是說過嗎？市政府和警局中都可能有切尼的**線眼**，我們貿貿然走去告發他的話，只會**打草驚蛇**和令他有所防備啊。」

福爾摩斯想了想，出其不意地吐出一句：「那麼，就去打打草吧。」

「**打草？**」華生問。

「什麼意思？」雷克也不明所以。

「嘿嘿嘿，打打草，隱藏在草叢中的**蛇蟲鼠蟻**才會跑出來。到時，我們就知道切尼勾結

了什麼人，然後再把他們**一網打盡**！」

「原來如此。」雷克眼前一亮，「那麼，我們該先去哪裏『打草』？」

「**警察局**。」福爾摩斯說，「反正你也要代表報館去認屍，我們可以名正言順地去『打草』，看看能打出什麼來。」

科學小知識

【水銀】

鋅族元素之一，汞的通稱，化學符號是Hg。它是在常溫下惟一的液態金屬，呈銀白色，比銅更重，大約是水的重量的13.5倍。汞的凝固點約為-38.86℃，沸點約為356.72℃，由於受熱後的膨脹率較大，故被人們用來製作溫度計。

汞也有劇毒，急性中毒（吸入氣化的汞或誤吞有機水銀）除了會引致喉痛、呼吸急促、嘔吐、頭痛、腹痛等明顯病徵外，還會令記憶受損和視覺受損等等。

慢性中毒的話，則會如本故事中描述那樣，會引致人的神經系統受損，產生手震、發狂和喪失平衡力等多種嚴重的症狀。現代史上最著名的水銀公害發生於日本熊本縣的水俁市，當地有一間化工廠長年把含水銀的污水排放出海，導致多人死亡和數以百計的居民中毒，引起軒然大波。

警局與市政廳

　　雷克在警察局表明身份後，警員帶三人到傳出陣陣臭味的 殮房 認屍。福爾摩斯和華生仔細地檢查了屍體，發現史密斯的肺部沒有 積水，排除了 溺死 的可能性。不過，他的身體多處骨折，而後腦更受到致命的 重創，看來是被硬物打擊而造成的。種種跡象顯示，他是死後才被棄屍大海的。

　　離開殮房後，三人找到了警察局的局長，他名叫 拉曼，是一個眼睛細小、臉容瘦削的老頭子，叫人一看就知道是個既 狡猾、又 心思縝密 的傢伙。

　　福爾摩斯 開門見山，向拉曼說出史密斯

是死於他殺的看法。

拉曼聽完後，緩緩地睜開那雙小眼睛，**慢條斯理**地說：「福爾摩斯先生，你們的觀察很到位，那位可憐的記者先生確實不是**溺斃**的。不過，他也不是被人殺死的。」

「那麼，警方認為他是怎樣死的呢？」

「失足，是失足而已。他是**墮崖而死**的，與謀殺完全沾不上邊。」拉曼說得**氣定神閒**。

「可是——」

拉曼輕輕地把他那瘦骨嶙峋的手舉起，制止福爾摩斯說下去：「三天前，有人目擊他在海灣的懸崖旁邊走來走去，他一定是在那個時候失足墮下懸崖的亂石灘中摔死的。他全身骨折和後腦受到的重創，是摔下時造成的。」

「可是，他的屍體為何會在海上被漁民打撈到呢？」雷克問。

「潮漲呀。」拉曼漫不經心地說，「潮漲時，海水會淹過亂石灘。我們估計，他的屍體是被潮水沖出大海的。」

「單憑目擊者的證言就認定他的死因，是否過於武斷呢？」福爾摩斯質疑。

「嘿嘿嘿，問得好。」拉曼冷冷地笑道，
「不過，我們已去過那懸崖調查了，

還在懸崖下的亂石灘上找到了一本死者的**記事簿**，足以證明他就是在那裏跌死的。」

「**什麼？**」華生不禁驚叫。

「感到很意外吧？」拉曼擺出一副無可反駁的樣子說，「有**目擊證人**，又有**物證**，該錯不了吧？」

華生壓住怒氣，正想指出案中的重大**疑點**時，福爾摩斯卻搶在前面，**旁敲側擊**地問道：「除了記事簿外，還找到什麼證物嗎？」

拉曼兩顆細小的眼珠子一轉，似是在**猜度**

問題中的含意。不過，他還是回答了：「還有一枝鋼筆和一張記者證，是在屍體身上找到的，否則我們也不會知道他的記者身份呢。」

「明白了，我們可能真的是多疑了。很抱歉

花了你這麼多時間，我們該告辭了。」說完，大偵探悄悄地向華生和雷克遞了個眼色，兩人雖然仍想追問，但亦只好跟着離開。

一步出警察局，華生就急不及待地說：「你不覺得可疑嗎？我們在碼頭親眼看到那記事簿是在史密斯的屍體上找到的呀，怎麼可能

在亂石灘上又發現一本呢？」

「對，史密斯的習慣和我一樣，只會帶一本記事簿出外採訪。」雷克說。

「還有那個海豚形溫度計呢？那個局長怎會隻字不提呢？」華生問。

「這正是我要急急離開的原因。」福爾摩斯神色凝重地說，「警察中有人為了掩飾兇殺案的真相而竄改了調查報告，再追問下去的話，我們也可能會遇上危險。」

「啊！」華生和雷克大驚，不約而同地說，「難道那局長也給切尼收買了？」

「這個還不敢肯定，但膽敢公然竄改調查報告，絕不是一兩個人能辦得到的事情。我推測他們應該是一夥人，因為，首先得買通在碼頭驗屍的那兩個巡警。」

「他們也太大膽了，屍體被搬上碼頭時，有那麼多村民看着，難道不怕村民舉報嗎？」華生非常氣憤。

「看來他們就是不怕了。」福爾摩斯說，「擁有執法權的警察如果互相包庇，一定有辦法把村民的聲音壓下去。而且，在這種小漁村，警方熟知每一個人的背景，要整人非常容易。村民為了自保，未必會為一個來歷不明的記者挺身而出。」

「他們就是看中群眾的這個弱點，才會肆無忌憚地橫行！」雷克憤憤不平地說。

「是的。」福爾摩斯說，「不過，他們卻沒料到這反而露了餡。」

「什麼意思？」華生緊張地問。

「還不明白嗎？」福爾摩斯說，「他們竄改

發現記事簿的**地點**，又把海豚形溫度計在證物

中**刪除**，正正是想掩飾真正的案發地點，而這

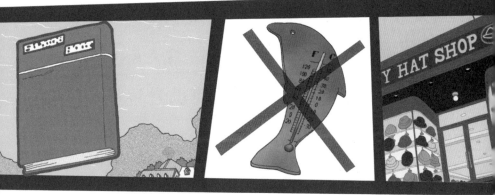

個地點一定對兇手非常不利，否則兇手不會買

通警方在這兩件證物上**做手腳**。」

「我明白了，這反而證明史密斯的死絕不是

什麼失足意外，而是殘酷的**謀殺**！」雷克說，

「**案發地點**就是切尼一夥想掩飾的那間帽

店！」

「對，他們並不知道我和華生**目擊**屍體被

打撈上岸的整個經過，也不知道我們在帽店已

有所發現，才會犯上這麼大的錯誤。」福爾摩斯說，「嘿嘿嘿，看來我們的『打草』行動已有點收穫了。」

「那麼，下一步該怎辦？」雷克問。

「繼續『打草』，看看市長對切尼製帽廠非法排放污水有何反應！」

不一刻，三人乘馬車來到了市政廳。雷克以《倫敦時報》的編輯身份求見市長，三人順利地獲得接見。

可是，當身材短小的市長**希利**知道雷克他們是來投訴排放污水的事情後，馬上臉色一沉，說：「哼！你們懂什麼。過兩天我們還會發表撥地**擴建廠房**的消息呢。我已約了切尼先生見面商討這個事情。他稍後就到，我沒空跟你們說什麼**污染**，請回吧。」

「什麼？擴建廠房？不會是製帽廠吧？」雷克問。

「正是製帽廠，擴建後可以為本鎮增加上百個**職位**，市議員們都很**雀躍**呢。」

「現在的污水還沒處理好，擴建後污染的情況不是會更糟

嗎？」華生也**按捺不住**了。

　　但市長希利還未回答，走廊外已響起了由遠而近的腳步聲，走進來的是大胖子切尼和他的兩個手下。不過，他們當作福爾摩斯三人不存在似的，瞧也沒瞧一眼，只是筆直地走向市長。

　　「啊！切尼先生，歡迎你」市長慌忙趨前相迎，剛才的傲慢忽然**煙消雲散**，迅即換上的是露骨的**獻媚**。他頻頻**低頭哈腰**，不知內裏的話，還以為他是切尼的僕人。

　　「希利先生，你好像很忙碌呢。」切尼擺出

不可一世的樣子說。

「哪裏、哪裏。」市長希利說，「只是有些外地人不明白本鎮的**法規**，走來亂說話罷了。我正要請他們離開呢。」

「什麼？」雷克怒道，「我們已有證據證明

切尼製帽廠**非法排放污水**！怎會是亂說話？」

「哎喲喲喲。」市長好像被人掐了一把似的，假裝受驚地說，「這不就是亂說話嗎？切尼製帽廠在那兒排放污水是**合法**的，你們的投訴完全不成立啊。」

「合法？怎可能？」雷克問。

「為什麼不可能？」希利市長反問，「切尼先生在十多年前建廠

時，早已把排放污水的溪澗買下來，他擁有溪澗的合法權益，當然有權在那兒排放污水。」

「這……可是污水是排出海灣呀！難道那個海灣也是屬於切尼製帽廠的嗎？」雷克禁不住提高了嗓子。

「哎喲喲喲，編輯先生，你又在亂說話了。」市長道，「只要住在這裏，誰都可以把污水排放到大海去。如果市政府禁止製帽廠排放污水，附近居民的生活污水怎辦？難道也禁止他們把污水排放到大海去嗎？」

聞言，雷克頓時語塞。

這時，大胖子切尼出手了，他**咄咄逼人**地說：「海灣附近住了幾萬人，比起他們每天製造的生活污水，製帽廠產生的污水簡直**微不足道**。況且，製帽廠為本鎮帶來很多**稅收**，也創造了不少職位，要是市政府立例禁止它排放污水的話，廣大的市民也未必同意呢。」

「但製帽廠排放的污水中含有**水銀**，不能與生活污水相提並論呀！」華生高聲反駁。

「水銀又怎樣？」切尼毫無懼色，「我的廠房又不是第一天排放那些污水，它已排放了十多年，一直也**相安無事**呀，為何現在要禁止它排放呢？」

「現在美泰村的貓和人都出現了水銀中毒的症狀，你又怎能不**加以正視**？」華生氣憤地說。

「嘿嘿嘿，什麼症狀？你說那些患了**腦炎**的病人嗎？醫院已向我報告了，這跟水銀完全沒有關係！」

「那不是什麼腦炎，是中了水銀毒才會出現的症狀！」華生怒道。

「證據呢？你得提出**科學**的**證據**才可指控別人呀。」市長幫腔道。

「我們會採集**魚蝦樣本**回倫敦檢驗，但那得花至少幾個月時間才有結果，在未有結果前，必須先行停止排放污水。這是市政府必須做的事。」華生說。

「**哎喲喲喲**，這位先生又亂說話了。」

市長說，「在未有證據前，又怎可以叫人停止排放污水呢？如果不能證明污水與怪病有關，你會**賠償**切尼先生的損失嗎？」

「你！」華生對市長的**強詞奪理**，氣得說不出話來。

「嘿嘿嘿，我的製帽廠與本鎮很多工人的生計**息息相關**，停止排放污水，等於停工，工人們又怎會同意。你們還是別多事，回倫敦去吧。」切尼臉上浮現出**勝券在握**的表情。

這時，一直沒作聲的福爾摩斯開口了，他看一看那個 ~~卑躬屈膝~~ 得不像話的矮個子市長，然後又以鄙視的目光看着大胖子切尼，說：「你的所作所為可能是合法的，但**人在做天在看，多行不義必自斃**，得小心啊。」

「嘿嘿嘿，你這算是嚇唬我嗎？」切尼冷笑道，「我做每一件事都是為本鎮着想，又怎會怕什麼『天在看』。我已邀請了本鎮的議員和記者在後天召開**記者招待會**發表擴建廠房的消息，你們還未走的話，也可以來看看啊。到時，你就知道切尼製帽廠多麼受人**擁護**了。」

「好了、好了。」市長不耐煩地說，「我要和切尼先生商討事情，再不走，我就**下逐客令**啦。」

「可是——」

「算了吧。」福爾摩斯制止還想說下去的雷克和華生，並在他們耳邊低聲說，「我已想到辦法對付他們了，走吧。」

離開時，三人還聽到身後傳來那夥人**揚揚得意**的笑聲。華生和雷克雖然非常氣憤，但在福爾摩斯的催促下，也就只好**黯然離去**。不過，他們這時並不知道，大偵探口中的「多行不義必自斃」，竟然會以一種令人不寒而慄的方式**應驗**。兩人更萬萬沒想到，世上還真的有「人在做天在看」的**天理循環**！

科學小知識

【水銀溫度計】

　　據傳溫度計是由意大利著名科學家伽俐略，利用熱脹冷縮的原理於1592年左右發明的。不過，當時用的是水而非水銀。後來經過改良，歐洲人在17世紀已懂得製造水銀溫度計了。溫度計的刻度分攝氏（℃）和華氏（℉），如香港用攝氏，而美國則流行用華氏。但由於水銀有毒，現在很多地方都改用染成紅色的煤油（火水）或酒精取代。

　　攝氏的0℃和100℃是以水的冰點（水開始結冰的溫度）和沸點（水開始沸騰的溫度）而定。水結冰後，就算外界溫度在冰點以下，它的溫度是不會再下降的。同樣地，水沸騰後，就算外界溫度在沸點以上，它的溫度也是不會再升高的。

　　所以，以攝氏為刻度的溫度計，只要以水的冰點和沸點為標準，再把兩者之間的溫度分成100份，就能定出溫度計上的刻度了。

多行不義必自斃

「福爾摩斯先生，你說已想到辦法對付他們，究竟是什麼方法呢？」離開市政廳後，雷克問道。

「他們這一夥人**勢力龐大**，又懂得鑽法律的**空子**，更麻煩的是，官商之間的利益勾結看來已**盤根錯節**，用正攻法不容易動搖其根基。」福爾摩斯說，「所以，對付這種利益集團，得行**詭道**。」

「詭道？什麼意思？」華生問。

「簡單來說，就是**詭詐之道**。」

「詭詐之道？」雷克有點擔心地問，「你不是要以**犯法**的方法對付他們吧？」

聽到雷克這麼說，華生想起在「米字旗殺人事件」一案中，福爾摩斯也曾利用黑幫首領**M博士**的勢力去剷除敵人*。難道老搭檔又**重施故技**，以接近犯法的方法去懲治切尼一夥？

「放心，對付他們不必犯法。」福爾摩斯狡點地一笑，「那大胖子和市長不是說了嗎？他們後天會舉行**記者招待會**，這是**天賜良機**，正好讓我們以詭道來反擊！」

「可以說得具體一點嗎？」雷克說。

「不用心急，你們先回旅館休息一下，我現在去美泰村找米爾老太太。行詭道，必須借用她的力量。」說完，福爾摩斯已跳上馬車，丟下華生和雷克**絕塵而去**了。

「他搞什麼鬼呢？」華生喃喃自語，「米爾老太太只是一個行動不便的老太婆，找她又有

*詳情請看《大偵探福爾摩斯㉖米字旗殺人事件》。

什麼用呢？」

「福爾摩斯先生既然說行的是詭詐之道，必然是**出奇制勝**的狡計，我們也毋須多想，等他回來再問吧。」

可是，兩人在旅館等了一個晚上，仍然不見大偵探的蹤影。到了翌日的早上，福爾摩斯才**風塵僕僕**地趕回來了。

「怎樣？找到了米爾老太太嗎？」華生問。

「找到了，還花了好大氣力，才說服她找來幾個村中的**苦主**。」福爾摩斯說。

「苦主？」

「對，記得那幾個寫字**歪歪斜斜**的孩子嗎？我找到了他們的**父母**。」

「找他們幹什麼？」雷克問。

「除了那些中毒發狂的貓外，**公害**的真正苦主正是這些父母。當他們得悉孩子們中了水銀毒後，都感到非常憤怒，誓要找切尼**大興問罪之師**。」

「啊，你是想借群眾的力量去向切尼提出控訴？」雷克問。

「沒錯，我已查出切尼和市長等人明天會在山頂的**觀景台**上舉行露天記者會。那兒在懸崖上**居高臨下**，可以飽覽整個海灣最美麗的

景色。」福爾摩斯說，「那個狡猾的切尼想借美景來**轉移視線**，令記者們相信製帽廠只會為市鎮帶來好處，而不去質疑它帶來的污染問題。」

「我明白了。」華生恍然大悟，「你是想叫村民們走去記者會上投訴，拆穿切尼一夥**偽善的真面目**！」

「正是。」福爾摩斯說，「我還結識了漁民**傑斯**——那個把史密斯屍體打撈上岸的漁民大哥，原來他也是苦主之一。為了加強控訴的效果和說服力，我叫他抓幾隻已**發病的貓**去記者會，讓大家親眼見證貓隻病發時的可怕！」

「啊！這招太厲害了，一定會把切尼等人殺一個**措手不及**，令本來用作宣傳擴建廠房的記者會變成一個村民**控訴大會**！」華生對

對老搭檔的巧妙安排大感佩服，也終於明白所謂

「詭道」是什麼一回事了。

　　一宿無話，三人依時去到記者會。但為免引

起切尼等人的注意，他們只站在觀景台的不遠

處靜觀其變，等候村民們的到來。

觀景台上擺滿了美酒佳餚，記者和賓客們也魚貫到場。首先是市長希利登上在懸崖旁邊搭建的講台上發言，一如所料，這個矮個子對擴建製帽廠一事推崇備至，但對造成海洋污染一事卻絕口不提。

接着，在熱烈的掌聲下切尼登上了講壇，他**滔滔不絕**地大談製帽廠的發展大計，一說就說了十多分鐘。可是，當他講到製帽廠如何振興經濟和有**百利**而無一害時，不知何處卻傳來了一陣陣「*嗚喵嗚喵*」的慘叫，聲音雖然不大，但聽了叫人心中發毛。

「是什麼聲音，好可怕啊。」賓客們打斷了切尼的演說，企圖找出聲音的來源。不過，那些**悽厲的慘叫**已越來越近。突然，馬路的拐彎處出現了一輛馬車，很明顯，慘叫就是從那輛馬車而來。

「唔？怎會是這樣的？」福爾摩斯眉頭一皺，看來，事情的發展也叫他感到**出乎意料之外**。

觀景台上的記者和賓客更驚訝地紛紛轉過頭來，望向那輛緩緩駛近的**馬車**。

「啊，那不就是……？」華生發現，在駕駛座上的不是別人，正是那個身材魁梧的漁民大哥**傑斯**！

正當眾人感到疑惑之際，「唏！」的一聲，馬車在傑斯的吆喝下來了個*急掉頭*，然後一動不動地擺在路中央。這時，它的車尾已正對着觀景台，兩者距離大約只有十多米。當然，那一陣陣的「*嗚喵嗚喵*」之聲也更響亮、更叫人感到**毛骨悚然**了。

差不多同一時間，傑斯已跳下車來。他走到車尾用力一拉，拉開了那對本來緊閉着的車門。

「**啊！**」福爾摩斯三人都不約而同

地驚呼，因為在那一瞬間，幾十隻發狂的貓從馬車上一擁而出，一邊「嗚喵嗚喵」地狂叫，一邊以**迅雷不及掩耳之勢**直往觀景台奔去！

看到來勢洶洶的一群狂貓衝至，賓客和記者們**爭相走避**，呼叫之聲此起彼落。然而，那個可憐的切尼卻實在太胖了，他還未來得及閃避，幾十隻狂貓相繼已撞上去了，有幾隻更撲到他的臉上亂抓。

「**哇呀!**」

一聲慘叫響起，大胖子失去平衡，向講台後面的欄杆倒去。

「咯嘞」一聲，欄杆被壓斷了，他與幾十隻發狂的貓一起，直往懸崖下面**飛墮而去**！

切尼在狂貓襲擊下慘死，這成了當天晚報的大新聞。其實，有些記者對切尼的所作所為已頗為不滿，但礙於他勢力龐大而一直**不敢哼聲**。切尼一死，長期被壓抑着的憤怒有如**水壩缺堤**，揭露其惡行的報道填滿了報紙的版面。

樹倒貓猻散，貪官污吏們見勢色不對，有些馬上**倒戈**，加入了聲討切尼集團的行列；有些則連夜逃亡，消失得無影無蹤。幸好帽店的女店員願意出頭作證，指史密斯曾在切尼帽店與切尼兩個手下打鬥和被擄走，證明他的死與兩人有關。史密斯身上那個**海豚形溫度計**，應該

是他們打鬥時撞跌的，當他知道難逃一死後，就把溫度計藏在身上，為追查者留下線索。

「想起來，真是意想不到啊。」華生說，「傑斯本來只想捉多一些貓來嚇一嚇那些記者和議員，卻沒料到把整個切尼集團推倒了。可惜的是，**水銀**對那些小童的腦部造成**不可挽回**的傷害。回倫敦後，要儘快請腦科專家來為他們診治，希望可以減輕他們的痛苦。」

福爾摩斯歎一口氣，道：「自古以來，水銀被視為世上**最美麗的金屬**之一，可是，人們卻沒理會它也是**殺人不見血的兇器**！」

「這個美麗的兇器引發的公害不但令很多貓隻發狂自殺，也間接地殺死了**始作俑者**的切尼。」雷克深有所感地說，「**果然是人在做天在看，多行不義必自斃呢**！」

你為什麼把老闆扔下海？

因為他滿身銅臭，只講錢不講人情。

世上有四大污染，第一是放屁和抽煙，污染空氣。

也不至於把他殺死吧。

他口臭，常無故罵人。

第三呢？

第二是製造垃圾，污染泥土。

滿身銅臭和口臭嗎……

請從輕法落。

第四呢？

第三是排放污水，污染海洋。

殺人罪可免，就判你污染海洋罪吧。

第四是講是講非，造成噪音！

魚①

魚②

大偵探
福爾摩斯
美麗的兇器 ㉙

原著人物 / 柯南・道爾
（除主角人物相同外，本書故事全屬原創，並非改編自柯南・道爾的原著。）

小說&監製 / 厲河　　繪畫&構圖編排 / 余遠鍠

繪畫(造景) / 李少棠　造景協力 / 周嘉詠

封面設計 / 陳沃龍　　　內文設計 / 麥國龍　　　編輯 / 盧冠麟、郭天寶

出版
匯識教育有限公司
香港柴灣祥利街9號祥利工業大廈2樓A室

承印
天虹印刷有限公司
香港九龍新蒲崗大有街26-28號3-4樓

發行
同德書報有限公司
九龍官塘大業街34號楊耀松（第五）工業大廈地下
電話：(852)3551 3388　　傳真：(852)3551 3300

第一次印刷發行　　　　　　　　　　　　　　2015年4月
第七次印刷發行　　　　　　　　　　　　　　2019年5月
Text：©Lui Hok Cheung　　　　　　　　　　　翻印必究

想看《大偵探福爾摩斯》的
最新消息或發表你的意見，
請登入以下facebook專頁網址。
www.facebook.com/great.holmes

ISBN:978-988-77860-0-9
港幣定價 HK$60
台幣定價 NT$270

若發現本書缺頁或破損，
請致電25158787與本社聯絡。

網上選購方便快捷　　購滿$100郵費全免
詳情請登網址 www.rightman.net